Copyright © 2021 Weberson Santiago
Copyright desta edição © 2021 Editora Yellowfante

Todos os direitos reservados pela Editora Yellowfante. Nenhuma parte desta publicação poderá ser reproduzida, seja por meios mecânicos, eletrônicos, seja via cópia xerográfica, sem a autorização prévia da Editora.

EDITORA RESPONSÁVEL
Sonia Junqueira

REVISÃO
Julia Sousa

EDIÇÃO DE ARTE
Diogo Droschi

Dados Internacionais de Catalogação na Publicação (CIP)
(Câmara Brasileira do Livro, SP, Brasil)

Santiago, Weberson
  Conte mais uma vez / Weberson Santiago texto e ilustrações. -- 1. ed. ; 3. reimp. -- Belo Horizonte : Yellowfante, 2025.

  ISBN 978-65-88437-19-3

  1. Ficção - Literatura infantojuvenil 2. Literatura infantojuvenil I. Título.

21-63089   CDD-028.5

Índices para catálogo sistemático:
1. Ficção : Literatura infantojuvenil 028.5
2. Ficção : Literatura juvenil 028.5

Aline Graziele Benitez - Bibliotecária - CRB-1/3129

A **YELLOWFANTE** É UMA EDITORA DO **GRUPO AUTÊNTICA**

Belo Horizonte
Rua Carlos Turner, 420
Silveira . 31140-520
Belo Horizonte . MG
Tel.: (55 31) 3465-4500

São Paulo
Av. Paulista, 2.073 . Conjunto Nacional
Horsa I . Salas 404-406 . Bela Vista
01311-940 . São Paulo . SP
Tel.: (55 11) 3034-4468

www.editorayellowfante.com.br
SAC: atendimentoleitor@grupoautentica.com.br

CONTE MAIS UMA VEZ

WEBERSON SANTIAGO

3ª reimpressão

Yellowfante

PARA MARIANA.

Era uma vez uma valente PRINCESA montada num DRAGÃO que atravessou vales e montanhas, enfrentou um CAVALO, derrotou uma BRUXA, capturou um OGRO e salvou um CAVALEIRO do alto de uma torre.

ESPERE...

PARECE QUE ESTÁ TUDO TROCADO.

CONTE MAIS UMA VEZ...

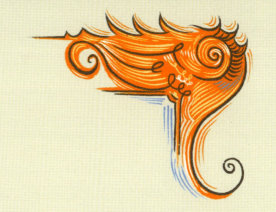

Era uma vez um bravo DRAGÃO montado num CAVALEIRO que atravessou vales e montanhas, enfrentou um OGRO, derrotou uma PRINCESA, capturou uma BRUXA e salvou um CAVALO do alto de uma torre.

ESPERE...

PARECE QUE SE ENGANARAM.

CONTE MAIS UMA VEZ...

Era uma vez um bravo CAVALO montado num OGRO que atravessou vales e montanhas, enfrentou um DRAGÃO, derrotou um CAVALEIRO, capturou uma PRINCESA e salvou uma BRUXA do alto de uma torre.

CALMA!

TUDO ESTÁ MUITO CONFUSO.

CONTE MAIS UMA VEZ...

ERA UMA VEZ UM BRAVO OGRO MONTADO NUMA BRUXA QUE ATRAVESSOU VALES E MONTANHAS, ENFRENTOU UMA PRINCESA, DERROTOU UM CAVALO, CAPTUROU UM CAVALEIRO E SALVOU UM DRAGÃO DO ALTO DE UMA TORRE.

MAS...

AINDA ESTÁ ESTRANHO.

CONTE MAIS UMA VEZ...

Era uma vez uma brava BRUXA montada numa PRINCESA que atravessou vales e montanhas, enfrentou um CAVALEIRO, derrotou um DRAGÃO, capturou um CAVALO e salvou um OGRO do alto de uma torre.

COMO ASSIM?

PARECE QUE CONTINUA TUDO ERRADO.

CONTE MAIS UMA VEZ...

ERA UMA VEZ UM BRAVO CAVALEIRO MONTADO NUM CAVALO QUE ATRAVESSOU VALES E MONTANHAS, ENFRENTOU UMA BRUXA, DERROTOU UM OGRO, CAPTUROU UM DRAGÃO E SALVOU UMA PRINCESA DO ALTO DE UMA TORRE.

AGORA SIM!

MAS... TEM DE SER ASSIM MESMO?

A PRINCESA NÃO CONCORDA... E QUER COMEÇAR TUDO DE NOVO.

ENTÃO... CONTE MAIS UMA VEZ!

WEBERSON SANTIAGO É AUTOR E ILUSTRADOR DE LIVROS. PASSA O DIA DESENHANDO E OUVINDO RÁDIO. FAZ DESENHOS PARA JORNAIS, REVISTAS E JOGOS DE TABULEIRO.

SEUS TRABALHOS JÁ FORAM PUBLICADOS EM DIVERSOS PAÍSES, ENTRE ELES BÉLGICA, ESTADOS UNIDOS, ALEMANHA, INGLATERRA, CANADÁ, HOLANDA, ITÁLIA, ESPANHA, PORTUGAL, FRANÇA E JAPÃO. PARTICIPOU DE EXPOSIÇÕES NO CHILE, NOS ESTADOS UNIDOS, NO MÉXICO, NA COLÔMBIA, EM PORTUGAL E ANGOLA.

É TAMBÉM PROFESSOR DE ARTES: JÁ DEU AULAS NA QUANTA ACADEMIA DE ARTES E NA UNIVERSIDADE DE MOGI DAS CRUZES (UMC). ATUALMENTE É PROFESSOR DA ETIC, EM LISBOA, ALÉM DE SE DEDICAR AOS CURSOS ON-LINE DA DOMESTIKA.

Este livro foi composto com tipografia Metallophile Sp8 e impresso em papel Couchê 150 g/m² na Formato Artes Gráficas.